SOUVENIRS

MARSEILLAIS

MARSEILLE

TYPOGRAPHIE ET LITHOGRAPHIE H. SEREN

Quai de Rive-Neuve, 3.

—

1866

SOUVENIRS

MARSEILLAIS

MARSEILLE

TYPOGRAPHIE ET LITHOGRAPHIE H. SEREN

Quai de Rive-Neuve, 3.

—

1866

La conversation s'étant établie dans un de nos salons, sur la différence qui existe entre nos Bastides d'aujourd'hui et celles d'autrefois, je me rappelai le tableau que je traçai de celles-ci, il y a bien des années, et je le retrouvai parmi de vieux manuscrits. J'y découvris également une description de la Foire de St-Lazare, à la même époque. Cette foire est restée à peu près la même ; mais la ville de Marseille est, comme ses bastides, bien différente, aujourd'hui.

J. CHAPONNIÈRE.

Avril 1866.

LA BASTIDE

Monuments fastueux d'orgueil ou de puissance,
Hôtels, palais, châteaux, votre magnificence
N'éblouit point mes yeux, n'inspire pas mes chants :
Je ne veux célébrer que la maison des champs,
La riante Bastide, enfant de la Provence,
Asile du repos et de l'indépendance.
Là, le gros financier et le mince commis
Pour goûter des plaisirs également promis,
Viennent, l'un en calèche et l'autre en cariole ;
Le beau sexe abjurant la sotte gloriole,
Qui, dans notre cité le gouverne aisément,
Sur un humble baudet arrive doucement :
Il faut voir ce tableau la veille d'une fête,
Piétons et cavaliers, tous d'un air de conquête,
Sur nos chemins poudreux trottent de même cœur ;
Au terme de leur course ils trouvent le bonheur,
Que dans un vain fracas nous cherchons à la ville
Et que nous poursuivons d'une ardeur inutile.

Après un doux sommeil, chacun, le lendemain,
Vole à ses passe-temps : le chasseur inhumain
Surprend dans les guérêts la caille ou l'alouette,
Ou les attend au poste, en lisant la Gazette,
Ses fils, dans une *tèse*, arrangent leurs lacets,
Ses filles, au jardin, vont cueillir des bouquets,
Tandis que la maman, surveillante rigide,
Inspecte le rôti, le pilau, la *bourride*,
Qui bientôt serviront au plus gai des repas.
Le déjeuner fini, l'on dirige ses pas
Vers le bosquet voisin ou la verte charmille
Et là, paisiblement, l'on digère en famille.
Plus tard, le tambourin excite le danseur
Et du jeune tendron fait palpiter le cœur.
Paysans, citadins, se mêlent en cadence
L'amour, en tapinois, se glisse dans la danse,
Et par lui mille traits, soudain, sont décochés;
Un mariage est fait, d'autres sont ébauchés...
Querelles des amants, caprices, bouderies,
Gais propos des buveurs, innocentes folies,
Tout présente au milieu de la simplicité
L'attrait vif et piquant de la variété.
Voulez-vous admirer les efforts du génie?
Visitez avec moi ma retraite chérie :
Sur trente pieds carrés vous trouvez réunis
Petits appartements, de meubles bien garnis,
Boudoir, salle à manger, salon de compagnie,
Cuisine appétissante, auprès de l'écurie,
Et jardin hollandais, où courent deux ruisseaux
Qui vont, lorsqu'il a plu, renforcer de leurs eaux
Un étang poissonneux, mer en miniature !
Etes-vous amoureux de la simple nature ;

Vous trouverez encor dans ce joli manoir
Un soleil magnifique et de l'ombre, le soir.
Voulez-vous respirer l'air pur de la campagne?
Vous avez sous la main un fragment de montagne
Où l'œil émerveillé parcourt d'un seul trajet
Les vallons de l'Etoile et le roc de Puget ;
Lieux divins que chérit l'oiseau de Gaminède ;
On voit aussi la mer, et sans une *pinède*
Qui maladroitement vient former le rideau
On pourrait découvrir jusques à Ratonneau.
Ce séjour me remplit d'une joie enivrante
Et j'ai, lorsque j'y suis, vingt mille écus de rente.
Bastide, que de maux tu nous fais oublier !
On ne trouve chez toi, ni prison, ni geôlier.
On n'est point assiégé par une fourmilière,
De sales mendiants, étalant leur misère ;
Seul, avec la nature, on la peut observer,
Assis au pied d'un arbre, on se plaît à rêver :
L'amant croit dans ses bras tenir sa bien-aimée,
Le poète, à son gré, fixe la renommée,
Et le peintre, au salon voit déjà ses tableaux,
Le favori d'Euterpe écrase ses rivaux
Et va faire pâlir nos ardents Rossinistes,
L'éditeur d'un journal voit augmenter ses listes,
L'employé fait doubler son maigre appointement,
Une table apparaît aux regards du gourmand,
Le courtier va conclure une importante affaire,
Le commerçant termine un brillant inventaire,
L'avocat, lestement, gagne tous ses procès
Et d'une main, moins leste, en établit les frais.
Adieu ces visions, s'il survient un orage,
Moi, je regagne alors mon paisible ermitage

Où trois de mes voisins viennent se réunir
(C'est ce que mon salon peut, juste, en contenir)
Mais est-on peu nombreux on devient nécessaire
Et c'est un bon moyen pour savoir toujours plaire ;
Aussi nos entretiens sont-ils intéressants ;
Mes voisins, il est vrai, sont trois hommes de sens
Et leur société que souvent je regrette
Vient encore animer, égayer ma retraite :
L'un, grand économiste et liseur de journaux,
Nous parle de traités, de lois et de canaux ;
Il sait tout ce qu'on fait dans les deux hémisphères
Et... s'il avait le temps de soigner ses affaires...
Mais de son capital il mange le restant.
L'autre est un orateur, un Villéle, un Constant,
Raisonnant bien sur tout, discutant à merveille,
Et blâmant, au besoin, ce qu'il louait la veille,
Avec la même ardeur. Mon troisième voisin
Trouve que notre siècle est en trop grand chemin.
Maudit Rousseau, Voltaire et la philosophie,
Aussi comme il jouit lorsque dans sa patrie
Il voit qu'on rétablit les choses du vieux temps
Tout est charmant, alors, jusques aux pénitents.
Ce trio discoureur quelquefois se chamaille ;
Je sais quand il le faut arrêter la bataille :
Le Whist ou le Boston nous ramène la paix,
Au salon, en plein champ, sous le feuillage épais,
Chacun suivant ses goûts jouit à la Bastide :
Ainsi prenant toujours la volupté pour guide
Et laissant pour les fleurs la gaze et le satin,
On voit assidûment le dimanche matin
Du temple de la mode un essaim de prêtresses,
Assemblage élégant de vives pêcheresses,

S'échapper et suivi des plaisirs et des jeux
Transformer en Paphos, Mazargue ou les Chartreux,
Pour les heureux sujets de cette cour champêtre
L'amour est le seul roi, l'amour est le seul maître ;
De la prude Vesta la tyrannique loi
N'y fut jamais connue, et l'on peut sans effroi
Obéir à son cœur, aimer, et se le dire
Même, se le prouver ; le douloureux martyre
D'un feu contrarié n'attriste point ces lieux
Que des bergers galants, frais, dispos et joyeux
Embellissent encor par de nombreuses fêtes ;
C'est là que chacun d'eux prépare ses conquêtes
Et fait briller sa voix, sa grâce ou son jarret ;
Unique ambition de ce peuple coquet...
Peuple sage, pourtant, et vraiment patriote,
Qui sait mettre à profit le chant et la gavote
Et de son souverain reconnaît les faveurs
En donnant à l'Etat de petits défenseurs.
Je ne finirais point si je voulais décrire
Tout ce que la Bastide a produit et m'inspire ;
Je sais qu'elle offre aussi des appâts dangereux,
En bâtisse, en jardin, l'amateur glorieux
A souvent dissipé sa modeste fortune
Mais on dépasse tout, c'est la règle commune,
Et l'homme que ne peut arrêter la raison
Va droit à l'hôpital sans bâtir de maison ;
Il est d'autres chemins bien prompts à l'y conduire :
Je fais grâce au mortel qui se perd à construire
Et je l'estime plus que cet ambitieux
Qui veut en détruisant rendre son nom fameux.
Je sais fort bien encor (je frémis quand j'y songe)
Qu'on fait de la Bastide un appui du mensonge ;

J'en ai l'expérience et je vais vous citer
Un tour... que puissiez-vous à jamais éviter :
Chez certain débiteur, au jour de l'échéance,
J'allais me présenter... déjà de ma créance
J'avais, chemin faisant, réparti les deniers ;
Je voulais en solder de pauvres ouvriers
Et de les voir contents mon âme était avide...
Je frappe, on me répond : Monsieur est *en bastide.*
Le temps, dis-je en moi-même, est assez mal choisi
Mais à l'amour des champs je pardonne ceci,
Je reviendrai demain, on me paiera bien vite...
J'y vais... le malheureux ! Il était en faillite.
Ainsi dans toute chose on abuse des mots,
Ainsi plus d'un ministre augmente les impôts
Et vante de ses plans l'ordre et l'économie ;
Ainsi, dans ses discours, du parjure ennemie
Une adroite coquette invoque les serments
Et trahit sans pitié ses crédules amants...
Ainsi... mais en voilà suffisamment, je pense,
De mes autres *ainsi* sans peine on me dispense,
Et je dois écouter une secrète voix
Qui me dit en amie, assez... une autre fois.
« Tu te plais dans les champs, les bois et les prairies,
« Tu chéris les hameaux, les parcs, les bergeries,
« Ce sont de nobles goûts ; mais tes doctes leçons
« Ne nous amusent point. Retourne à tes moutons. »

LA FOIRE

DE

SAINT-LAZARE

Je suis un peu musard, lecteurs, je le confesse ;
En faveur de l'aveu daignez me pardonner ;
Qui n'a pas ici-bas sa petite faiblesse ?
La mienne est de tout voir et de me promener,
Non comme un étourdi, mais en sage de Grèce
Qui veut, sur ce qu'il voit, s'instruire et raisonner.
On rencontre souvent des gens de mon espèce.
Par malheur cette ville et toute sa richesse
A l'homme curieux offre peu d'agréments ;
Edifices mesquins, point de ces monuments
Dont la forme étonnante et la coupe hardie
Attirent les regards de la foule ébahie ;
D'une chûte prochaine ils semblent menacer...
Ils vivront plus que nous ; cela donne à penser,
On le dit au voisin, on disserte, on devise ;
Que n'avons-nous ici la belle tour de Pise !
J'irais chaque matin, par divertissement,
Passer une heure ou deux au pied du bâtiment.

Mais je ne trouve, hélas! pour unique ressource
Que l'escalier de marbre et le plan de la Bourse;
Encor, l'un est bien lourd et l'autre un peu chargé.
Par quelques bas-reliefs je suis dédommagé:
Tous les jours devant eux je m'arrête en silence,
Je cherche à démêler le sujet, l'ordonnance,
Et j'ai là des savants prêts à les discuter:
C'est bien le seul endroit qu'on puisse fréquenter.
Nos quais sont trop étroits... quel mouvement terrible!..
Jamais impunément le citoyen paisible
Ne peut y séjourner... il faut aller, venir:
Et ces maudits travaux, les verrons-nous finir?
Si l'on osait, du moins, sans danger pour sa vie,
Examiner de près; mais ce serait folie:
Des cailloux entassés on ne sait trop comment
Sur l'examinateur rouleraient promptement;
Cet ouvrage, d'ailleurs, qu'un mystère enveloppe
Me rappelle toujours celui de Pénélope...
Cela m'impatiente et je vais... au café...
Mais il y fait si chaud, je suis presque étouffé.
De nombreux discoureurs y tiennent leur séance
Et gourmandent les rois, quand de la médisance
Ils ont sur le beau sexe épuisé tous les traits...
Je fuis ces orateurs aussi lourds qu'indiscrets;
Je n'aime point leur ton, ni leur genre de vie,
Et tout musard qu'ils sont, ma foi, je les renie.
Me voilà dans la rue, assez irrésolu,
L'instant du déjeûné n'est pas encor venu:
Où diriger mes pas? Tout me paraît bien triste...
Des numéros sortis je découvre la liste,
Mais je ne *mise* pas, ils m'intéressent peu...
Que vois-je à l'entresol? Une salle de jeu...

Eloignons-nous bien vite.... et là-bas? un cortége...
Les gens dont il se forme auront le privilége
De bâiller noblement au milieu des grandeurs...
Ecoutons leur musique et fuyons ces honneurs.

Il faut en convenir, la ville est ennuyeuse,
Pour elle il n'est vraiment qu'une époque joyeuse ;
L'heureux temps de la foire... alors quel changement!
Mille variétés naissent en ce moment :
Admirez ces palais, ces temples qu'on élève
Pour montrer à nos yeux la douce Geneviève,
L'implacable Judith, Alexandre le Grand,
Un enfant monstrueux près de ce conquérant.
Le théâtre marin, la populaire crêche,
Et sur la même ligne un tréteau pour Bobêche.
Voyez ces amateurs, experts au domino,
Qui, dans un tour de main, vaincus par Munito,
Jalousent le caniche et s'en vont, bouche close,
Tout disposés à croire à la métempsycose.
Je n'ose vous parler de ces pauvres sauteurs,
Du troubadour nomade et des escamoteurs ;
Vous passez devant eux sans pitié pour leur zèle,
Vous êtes inconstants, moi je leur suis fidèle,
Je prise le talent et vous le dédaignez.
Mais si d'un tel plaisir vous êtes éloignés,
Vous en aurez, je pense, à contempler nos belles
Et leurs piquants attraits sous vingt formes nouvelles :
Modeste le matin, éclatante le soir.
La beauté sait toujours exercer son pouvoir,
La mode la soutient, charmante auxiliaire.
De ce brillant tableau, joyeux célibataire,

Tu viens jouir en paix ; les époux moins heureux
Admirent le coup d'œil, mais se plaignent entre eux
Du luxe féminin qui n'a plus de barrière ;
Ils murmurent tout bas : Noailles, Cannebière (1),
Mots affreux, inconnus de nos bons devanciers,
Désespoir des maris... ou de leurs créanciers...
Laissons-les murmurer ; si dans le mariage
Il est quelques instants de chagrin et d'orage,
Par des plaisirs réels ils sont bien rachetés :
Suivons chez le marchand qui braille à nos côtés
Ce garçon si gentil, cette mignonne fille ;
Regardons auprès d'eux ce père de famille ;
Comme ils sont tous contents... on voit battre leur cœur..
Un sabre, une poupée ont causé ce bonheur.
Moi, je trouve le mien au magasin d'estampes;
Depuis un Raphaël jusques aux culs-de-lampes
Tout peut m'intéresser et captiver mes yeux...
Que la lithographie est un art merveilleux !
Ses rapides crayons savent nous reproduire
Mille faits en un jour et souvent nous instruire ;
Je ne puis me lasser de voir ces conquérants,
Ces escadrons poudreux, ces morts et ces mourants,
Ces bouleversements de toute la nature...
Je chéris les combats et la gloire... en peinture !
Devant ce nid d'amours qui s'arrête avec moi...
C'est une jeune fille... elle est très-bien, ma foi....
A l'aspect du tableau son regard étincelle...
Probablement elle a du goût pour l'aquarelle...
Un jeune homme est auprès... c'est son petit cousin;
Il partage, dit-on, son goût pour le dessin.

(1) C'est là que se trouvaient alors, les riches magasins qui sont
aujourd'hui dans la rue Saint-Ferréol.

Mais il est déjà tard ; chez soi l'on se retire.
Ah ! visitons encor ces figures de cire.
Assemblage bizarre où l'on trouve à la fois
Les sujets les plus vils et les plus grands des rois ;
Leurs costumes pourraient avoir plus d'élégance,
Les figures offrir un peu de ressemblance,
A cela près vraiment le spectacle est fort beau
Et vaut bien les deux sous que l'on donne au bureau ;
Mais rien ne peut valoir l'éloquence du maître ;
Si dans un rang plus haut le ciel l'avait fait naître,
Avec de tels moyens un jour il eût été
Avocat, professeur, peut-être député ;
Il n'est que charlatan... fâcheuse destinée !
Voilà pour aujourd'hui ma course terminée ;
Je vais me reposer avec l'espoir certain
De la recommencer, s'il plaît à Dieu, demain.

Pour moi quelle douleur, et vous devez me croire,
Quand je vois arriver le terme de la foire ;
Heureux quand par la pluie il n'est pas avancé ;
Dix fois dans la journée on s'en voit menacé.
Je n'ai jamais compris comment en cette ville
Favorite du ciel, en beaux jours si fertile,
Nos pères ont choisi pour leurs amusements
L'époque où l'eau du ciel arrive par torrents.
Peut-être... et c'est dit-on la raison véritable,
Le temps était alors beaucoup moins variable :
Et le vieillard répète, en cette occasion :
« Tout allait mieux avant la Révolution ! »